El hacedor

Jorge Luis Borges:
El hacedor

El Libro de Bolsillo
Alianza Editorial
Madrid

Primera edición en «El Libro de Bolsillo»: 1972
Segunda edición en «El Libro de Bolsillo»: 1975
Tercera edición en «El Libro de Bolsillo»: 1979
Cuarta edición en «El Libro de Bolsillo»: 1980

© Emecé Editores, S. A., Buenos Aires, 1960
© Alianza Editorial, S. A., Madrid, 1972, 1975, 1979, 1980
(por autorización de Emecé Editores, S. A.)
Calle Milán, 38; ☎ 200 00 45
ISBN: 84-206-1407-6
Depósito legal: M. 42.046-1979
Impreso en Closas-Orcoyen, S. L. Martínez Paje, 5. Madrid-29
Printed in Spain

A Leopoldo Lugones

Los rumores de la plaza quedan atrás y entro en la Biblioteca. De una manera casi física siento la gravitación de los libros, el ámbito sereno de un orden, el tiempo disecado y conservado mágicamente. A izquierda y a derecha, absortos en su lúcido sueño, se perfilan los rostros momentáneos de los lectores, a la luz de las lámparas estudiosas, como en el hipálage de Milton. Recuerdó haber recordado ya esa figura, en este lugar, y después aquel otro epíteto que también define el contorno, el árido camello del Lunario, y después aquel hexámetro de la Eneida, que maneja y supera el mismo artificio:

Ibant obscuri sola sub nocte per umbras.

Estas reflexiones me dejan en la puerta de su despacho. Entro; cambiamos unas cuantas convencionales y cordiales palabras y le doy este libro. Si no me engaño, usted no me malquería, Lugones, y le hubiera gustado que le gustara algún trabajo mío. Ello no ocurrió nunca, pero esta vez usted vuelve las páginas y lee con aprobación algún verso, acaso porque en él ha reconocido su propia voz, acaso porque la práctica deficiente le importa menos que la sana teoría.

En este punto se deshace mi sueño, como el agua en el agua. La vasta biblioteca que me rodea está en la calle México, no en la calle Rodríguez Peña, y usted, Lugones, se mató a principios del treinta y ocho. Mi vanidad y mi nostalgia han armado una escena imposible. Así será (me digo) pero mañana yo también habré muerto y se confundirán nuestros tiempos y la cronología se perderá en un orbe de símbolos y de algún modo será justo afirmar que yo le he traído este libro y que usted lo ha aceptado.

J. L. B.

Buenos Aires, 9 de agosto de 1960.

El hacedor

Nunca se había demorado en los goces de la memoria. Las impresiones resbalaban sobre él, momentáneas y vívidas; el bermellón de un alfarero, la bóveda cargada de estrellas que también eran dioses, la luna, de la que había caído un león, la lisura del mármol bajo las lentas yemas sensibles, el sabor de la carne de jabalí, que le gustaba desgarrar con dentelladas blancas y bruscas, una palabra fenicia, la sombra negra que una lanza proyecta en la arena amarilla, la cercanía del mar o de las mujeres, el pesado vino cuya aspereza mitigaba la miel, podían abarcar por entero el ámbito de su alma. Conocía el terror pero también la cólera y el coraje, y una vez fue el primero en escalar un muro enemigo. Ávido, curioso, casual, sin otra ley que la fruición y la indiferencia inmediata, anduvo por la variada tierra y miró, en una u otra margen del mar, las ciudades de los hombres y sus palacios. En los mercados populosos o al pie de una montaña de cumbre incierta, en la que bien podía haber sátiros, había escuchado complicadas historias, que recibió como recibía la realidad, sin indagar si eran verdaderas o falsas.

Gradualmente, el hermoso universo fue abandonándolo; una terca neblina le borró las líneas de la mano, la noche se despobló de estrellas, la tierra era insegura bajo sus pies. Todo se alejaba y se confundía. Cuando supo que se estaba quedando ciego, gritó; el pudor estoico no había sido aún inventado y Héctor podía huir sin desmedro. *Ya no veré* (sintió) *ni el cielo lleno de pavor mitológico, ni esta cara que los años transformarán.* Días y noches pasaron sobre esa desesperación de su carne, pero una mañana se despertó, miró (ya sin asombro) las borrosas cosas que lo rodeaban e inexplicablemente sintió, como quien reconoce una música o una voz, que ya le había ocurrido todo eso y que lo había encarado con temor, pero también con júbilo, esperanza y curiosidad. Entonces descendió a su memoria, que le pareció interminable, y logró sacar de aquel vértigo el recuerdo perdido que relució como una moneda bajo la lluvia, acaso porque nunca lo había mirado, salvo, quizá, en un sueño.

El recuerdo era así. Lo había injuriado otro

muchacho y él había acudido a su padre y le había contado la historia. Éste lo dejó hablar como si no escuchara o no comprendiera y descolgó de la pared un puñal de bronce, bello y cargado de poder, que el chico había codiciado furtivamente. Ahora lo tenía en las manos y la sorpresa de la posesión anuló la injuria padecida, pero la voz del padre estaba diciendo: *Que alguien sepa que eres un hombre,* y había una orden en la voz. La noche cegaba los caminos; abrazado al puñal, en el que presentía una fuerza mágica, descendió la brusca ladera que rodeaba la casa y corrió a la orilla del mar, soñándose Ayax y Perseo y poblando de heridas y de batallas la oscuridad salobre. El sabor preciso de aquel momento era lo que ahora buscaba; no le importaba lo demás: las afrentas del desafío, el torpe combate, el regreso con la hoja sangrienta.

Otro recuerdo, en el que también había una noche y una inminencia de aventura, brotó de aquél. Una mujer, la primera que le depararon los dioses, lo había esperado en la sombra de un hipogeo y él la buscó por galerías que eran como redes de piedra y por declives que se hundían en la sombra. ¿Por qué le llegaban esas memorias y por qué le llegaban sin amargura, como una mera prefiguración del presente?

Con grave asombro comprendió. En esta noche de sus ojos mortales, a la que ahora descendía, lo aguardaban también el amor y el riesgo. Ares y

Afrodita, porque ya adivinaba (porque ya lo cercaba) un rumor de gloria y de hexámetros, un rumor de hombres que defienden un templo que los dioses no salvarán y de bajeles negros que buscan por el mar una isla querida, el rumor de las Odiseas e Ilíadas que era su destino cantar y dejar resonando cóncavamente en la memoria humana. Sabemos estas cosas, pero no las que sintió al descender a la última sombra.

En la infancia yo ejercí con fervor la adoración del tigre: no el tigre overo de los camalotes del Paraná y de la confusión amazónica, sino el tigre rayado, asiático, real, que sólo pueden afrontar los hombres de guerra, sobre un castillo encima de un elefante. Yo solía demorarme sin fin ante una de las jaulas en el Zoológico; yo apreciaba las vastas enciclopedias y los libros de historia natural, por el esplendor de sus tigres. (Todavía me acuerdo de esas figuras: yo no puedo recordar sin error la frente o la sonrisa de una mujer.) Pasó la infancia, caducaron los tigres y su pasión, pero todavía están en mis sueños. En esa napa sumergida o caótica siguen prevaleciendo y así: Dormido, me distrae un sueño cualquiera y de pronto sé que es un sueño. Suelo pensar entonces: Éste es un sueño, una pura diversión de mi voluntad, y ya que tengo un ilimitado poder, voy a causar un tigre.

¡Oh, incompetencia! Nunca mis sueños saben engendrar la apetecida fiera. Aparece el tigre, eso sí, pero disecado, o endeble, o con impuras variaciones de forma, o de un tamaño inadmisible, o harto fugaz, o tirando a perro o a pájaro.

A.—Distraídos en razonar la inmortalidad, habíamos dejado que anocheciera sin encender la lámpara. No nos veíamos las caras. Con una indiferencia y una dulzura más convincentes que el fervor, la voz de Macedonio Fernández repetía que el alma es inmortal. Me aseguraba que la muerte del cuerpo es del todo insignificante y que morirse tiene que ser el hecho más nulo que puede sucederle a un hombre. Yo jugaba con la navaja de Macedonio; la abría y la cerraba. Un acordeón vecino despachaba infinitamente la Cumparsita, esa pamplina consternada que les gusta a muchas personas, porque les mintieron que es vieja... Yo le propuse a Macedonio que nos suicidáramos, para discutir sin estorbo.

Z (burlón).—Pero sospecho que al final no se resolvieron.

A (ya en plena mística).—Francamente no recuerdo si esa noche nos suicidamos.

Dóciles medias los halagan de día y zapatos de cuero claveteados los fortifican, pero los dedos de mi pie no quieren saberlo. No les interesa otra cosa que emitir uñas: láminas córneas, semitransparentes y elásticas, para defenderse ¿de quién? Brutos y desconfiados como ellos solos, no dejan un segundo de preparar ese tenue armamento. Rehúsan el universo y el éxtasis para seguir elaborando sin fin unas vanas puntas, que cercenan y vuelven a cercenar los bruscos tijerazos de Solingen. A los noventa días crepusculares de encierro prenatal establecieron esa única industria. Cuando yo esté guardado en la Recoleta, en una casa de color ceniciento provista de flores secas y de talismanes, continuarán su terco trabajo, hasta que los modere la corrupción. Ellos, y la barba en mi cara

El Islam asevera que el día inapelable del Juicio, todo perpetrador de la imagen de una cosa viviente resucitará con sus obras, y le será ordenado que las anime, y fracasará, y será entregado con ellas al fuego del castigo. Yo conocí de chico ese horror de una duplicación o multiplicación espectral de la realidad, pero ante los grandes espejos. Su infalible y continuo funcionamiento, su persecución de mis actos, su pantomima cósmica, eran sobrenaturales entonces, desde que anochecía. Uno de mis insistidos ruegos a Dios y al ángel de mi guarda era el de no soñar con espejos. Yo sé que los vigilaba con inquietud. Temí, unas veces, que empezaran a divergir de la realidad; otras, ver desfigurado en ellos mi rostro por ad-

23

versidades extr ñas. He sabido que ese temor está,
otra vez, prodigiosamente en el mundo. La historia es harto simple, y desagradable.

Hacia 1927 conocí una chica sombría: prime-
mero por teléfono (porque Julia empezó siendo
una voz sin nombre y sin cara); después, en una
esquina al atardecer. Tenía los ojos alarmantes de
grandes, el pelo renegrido y lacio, el cuerpo estric-
to. Era nieta y bisnieta de federales, como yo de
unitarios, y esa antigua discordia de nuestras san-
gres era para nosotros un vínculo, una posesión
mejor de la patria. Vivía con los suyos en un des-
mantelado caserón de cielo raso altísimo, en el re-
sentimiento y la insipidez de la decencia pobre.
De tarde —algunas contadas veces de noche—
salíamos a caminar por su barrio, que era el de Bal-
vanera. Orillábamos el paredón del ferrocarril; por
Sarmiento llegamos una vez hasta los desmontes
del Parque Centenario. Entre nosotros no hubo
amor ni ficción de amor: yo adivinaba en ella una
intensidad que era del todo extraña a la erótica,
y la temía. Es común referir a las mujeres, para in-
timar con ellas, rasgos verdaderos o apócrifos del
pasado pueril; yo debí contarle una vez el de los
espejos y dicté así, el 1928, una alucinación que
iba a florecer el 1931. Ahora, acabo de saber que
se ha enloquecido y que en su dormitorio los espejos están velados pues en ellos ve mi reflejo,

usurpando el suyo, y tiembla y **calla** y dice que yo la persigo mágicamente.

Aciaga servidumbre la de mi cara, la de una de mis caras antiguas. Ese odioso destino de mis facciones tiene que hacerme odioso también, pero ya no me importa.

Cierro los ojos y veo una bandada de pájaros. La visión dura un segundo o acaso menos; no sé cuántos pájaros vi. ¿Era definido o indefinido su número? El problema involucra el de la existencia de Dios. Si Dios existe, el número es definido, porque Dios sabe cuántos pájaros vi. Si Dios no existe, el número es indefinido, porque nadie pudo llevar la cuenta. En tal caso, vi menos de diez pájaros (digamos) y más de uno, pero no vi nueve, ocho, siete, seis, cinco, cuatro, tres o dos pájaros. Vi un número entre diez y uno, que no es nueve, ocho, siete, seis, cinco, etcétera. Ese número entero es inconcebible; *ergo,* Dios existe.

El cautivo

En Junín o en Tapalqué refieren la historia. Un chico desapareció después de un malón; se dijo que lo habían robado los indios. Sus padres lo buscaron inútilmente; al cabo de los años, un soldado que venía de tierra adentro les habló de un indio de ojos celestes que bien podía ser su hijo. Dieron al fin con él (la crónica ha perdido las circunstancias y no quiero inventar lo que no sé) y creyeron reconocerlo. El hombre, trabajado por el desierto y por la vida bárbara, ya no sabía oír las palabras de la lengua natal, pero se dejó conducir, indiferente y dócil, hasta la casa. Ahí se detuvo, tal vez porque los otros se detuvieron. Miró la puerta, como sin entenderla. De pronto bajó la cabeza, gritó, atravesó corriendo el zaguán

y los dos largos patios y se metió en la cocina. Sin
vacilar, hundió el brazo en la ennegrecida campa-
na y sacó el cuchillito de mango de asta que había
escondido ahí, cuando chico. Los ojos le brillaron
de alegría y los padres lloraron porque habían en-
contrado al hijo.

Acaso a este recuerdo siguieron otros, pero el
indio no podía vivir entre paredes y un día fue a
buscar su desierto. Yo querría saber qué sintió en
aquel instante de vértigo en que el pasado y el
presente se confundieron; yo querría saber si el
hijo perdido renació y murió en aquel éxtasis o
si alcanzó a reconocer, siquiera como una criatura
o un perro, los padres y la casa.

En uno de los días de julio de 1952, el enlutado apareció en aquel pueblito del Chaco. Era alto,
flaco, aindiado, con una cara inexpresiva de opa
o de máscara; la gente lo trataba con deferencia,
no por él sino por el que representaba o ya era.
Eligió un rancho cerca del río; con la ayuda de
unas vecinas, armó una tabla sobre dos caballetes
y encima una caja de cartón con una muñeca de
pelo rubio. Además, encendieron cuatro velas en
candeleros altos y pusieron flores alrededor. La
gente no tardó en acudir. Viejas desesperadas, chi-
cos atónitos, peones que se quitaban con respeto
el casco de corcho, desfilaban ante la caja y repe-
tían: *Mi sentido pésame, General*. Éste, muy com-
pungido, los recibía junto a la cabecera, las manos

cruzadas sobre el vientre, como mujer encinta.
Alargaba la derecha para estrechar la mano que le
tendían y contestaba con entereza y resignación:
*Era el destino. Se ha hecho todo lo humanamente
posible.* Una alcancía de lata recibía la cuota de
dos pesos y a muchos no les bastó venir una sola
vez.

¿Qué suerte de hombre (me pregunto) ideó y
ejecutó esa fúnebre farsa? ¿Un fanático, un triste,
un alucinado o un impostor y un cínico? ¿Creía
ser Perón al representar su doliente papel de viu-
do macabro? La historia es increíble pero ocurrió
y acaso no una vez, sino muchas, con distintos
actores y con diferencias locales. En ella está la ci-
fra perfecta de una época irreal y es como el reflejo de un sueño o como aquel drama en el drama,
que se ve en Hamlet. El enlutado no era Perón y
la muñeca rubia no era la mujer Eva Duarte, pero
tampoco Perón era Perón ni Eva era Eva sino des-
conocidos o anónimos (cuyo nombre secreto y
cuyo rostro verdadero ignoramos) que figuraron,
para el crédulo amor de los arrabales, una crasa
mitología.

Delia Elena San Marco

Nos despedimos en una de las esquinas del Once.

Desde la otra vereda volví a mirar; usted se había dado vuelta y me dijo adiós con la mano.

Un río de vehículos y de gente corría entre nosotros; eran las cinco de una tarde cualquiera; cómo iba yo a saber que aquel río era el triste Aqueronte, el insuperable.

Ya no nos vimos y un año después usted había muerto.

Y ahora yo busco esa memoria y la miro y pienso que era falsa y que detrás de la despedida trivial estaba la infinita separación.

Anoche no salí después de comer y releí, para comprender estas cosas, la última enseñanza que

Platón pone en boca de su maestro. Leí que el alma puede huir cuando muere la carne.

Y ahora no sé si la verdad está en la aciaga interpretación ulterior o en la despedida inocente.

Porque si no mueren las almas, está muy bien que en sus despedidas no haya énfasis.

Decirse adiós es negar la separación, es decir: *Hoy jugamos a separarnos pero nos veremos mañana.* Los hombres inventaron el adiós porque se saben de algún modo inmortales, aunque se juzguen contingentes y efímeros.

Delia: alguna vez anudaremos ¿junto a qué río? este diálogo incierto y nos preguntaremos si alguna vez, en una ciudad que se perdía en una llanura, fuimos Borges y Delia.

El hombre llegó del sur de Inglaterra en un amanecer del invierno de 1877. Rojizo, atlético y obeso, resultó inevitable que casi todos lo creyeran inglés y lo cierto es que se parecía notablemente al arquetípico John Bull. Usaba sombrero de copa y una curiosa manta de lana con una abertura en el medio. Un grupo de hombres, de mujeres y de criaturas lo esperaba con ansiedad; a muchos les rayaba la garganta una línea roja, otros no tenía cabeza y andaban con recelo y vacilación, como quien camina en la sombra. Fueron cercando al forastero y, desde el fondo, alguno vociferó una mala palabra, pero un terror antiguo les detenía y no se atrevieron a más. A todos se adelantó un militar de piel cetrina y ojos como tizones; la melena revuelta y la barba lóbrega parecían comerle la cara. Diez o doce heridas mortales le surcaban el cuerpo como las rayas en la piel de los tigres. El forastero, al verlo, se demudó, pero luego avanzó y le tendió la mano.

—¡Qué aflicción ver a un guerrero tan espectable derribado por las armas de la perfidia! —dijo en tono rotundo—. ¡Pero también qué íntima satisfacción haber ordenado que los victimarios purgaran sus fechorías en el patíbulo, en la plaza de la Victoria!

—Si habla de Santos Pérez y de los Reinafé, sepa que ya les he agradecido —dijo con lenta gravedad el ensangrentado.

El otro lo miró como recelando una burla o una amenaza, pero Quiroga prosiguió:

—Rosas, usted no me entendió nunca. ¿Y cómo iba a entenderme, si fueron tan diversos nuestros destinos? A usted le tocó mandar en una ciudad, que mira a Europa y que será de las más famosas del mundo; a mí, guerrear por las soledades de América, en una tierra pobre, de gauchos pobres. Mi imperio fue de lanzas y de gritos y de arenales y de victorias casi secretas en lugares perdidos. ¿Qué títulos son esos para el recuerdo? Yo vivo y seguiré viviendo por muchos años en la memoria de la gente porque morí asesinado en una galera, en el sitio llamado Barranca Yaco, por hombres con caballos y espadas. A usted le debo este regalo de una muerte bizarra, que no supe apreciar en aquella hora, pero que las siguientes generaciones no han querido olvidar. No le serán desconocidas a usted unas litografías muy primorosas y la obra interesante que ha redactado un sanjuanino de valía.

Rosas, que había recobrado su aplomo, lo miró con desdén.

—Usted es un romántico —sentenció—. El halago de la posteridad no vale mucho más que el contemporáneo, que no vale nada y que se logra con unas cuantas divisas.

—Conozco su manera de pensar —contestó Quiroga—. En 1852, el destino, que es generoso o que quería sondearlo hasta el fondo, le ofreció una muerte de hombre, en una batalla. Usted se mostró indigno de ese regalo, porque la pelea y la sangre le dieron miedo.

—¿Miedo? —repitió Rosas—. ¿Yo, que he domado potros en el Sur y después a todo un país?

Por primera vez, Quiroga sonrió.

—Ya sé —dijo con lentitud— que usted ha ejecutado más de una lindeza a caballo, según el testimonio imparcial de sus capataces y peones; pero en aquellos días, en América y también a caballo, se ejecutaron otras lindezas que se llaman Chacabuco y Junín y Palma Redonda y Caseros.

Rosas lo oyó sin inmutarse y replicó así:

—Yo no necesité ser valiente. Una lindeza mía, como usted dice, fue lograr que hombres más valientes que yo pelearan y murieran por mí.

Santos Pérez, pongo por caso, que acabó con usted. El valor, es cuestión de aguante; unos aguantan más y otros menos, pero tarde o temprano todos aflojan.

—Así será —dijo Quiroga—, pero yo he vivido y he muerto y hasta el día de hoy no sé lo que es miedo. Y ahora voy a que me borren, a que me den otra cara y otro destino, porque la historia se harta de los violentos. No sé quién será el otro, qué harán conmigo, pero sé que no tendrá miedo.

—A mí me basta ser el que soy —dijo Rosas— y no quiero ser otro.

—También las piedras quieren ser piedras para siempre —dijo Quiroga— y durante siglos lo son, hasta que se deshacen en polvo. Yo pensaba como usted cuando entré en la muerte, pero aquí aprendí muchas cosas. Fíjese bien, ya estamos cambiando los dos.

Pero Rosas no le hizo caso y dijo como si pensara en voz alta:

—Será que no estoy hecho a estar muerto, pero estos lugares y esta discusión me parecen un sueño, y no un sueño soñado por mí, sino por otro, que está por nacer todavía.

No hablaron más, porque en ese momento Alguien los llamó.

Para que su horror sea perfecto, César, acosado al pie de una estatua por los impacientes puñales de sus amigos, descubre entre las caras y los aceros la de Marco Junio Bruto, su protegido, acaso su hijo, y ya no se defiende y exclama: *¡Tú también, hijo mío!* Shakespeare y Quevedo recogen el patético grito.

Al destino le agradan las repeticiones, las variantes, las simetrías; diecinueve siglos después, en el sur de la provincia de Buenos Aires, un gaucho es agredido por otros gauchos y, al caer, reconoce a un ahijado suyo y le dice con mansa reconvención y lenta sorpresa (estas palabras hay que oírlas, no leerlas): *¡Pero, che!* Lo matan y no sabe que muere para que se repita una escena.

Imaginemos que en Toledo se descubre un papel con un texto arábigo y que los paleógrafos lo declaran de puño y letra de aquel Cide Hamete Benengeli de quien Cervantes derivó el Don Quijote. En el texto leemos que el héroe (que, como es fama, recorría los caminos de España, armado de espada y de lanza, y desafiaba por cualquier motivo a cualquiera) descubre, al cabo de uno de sus muchos combates, que ha dado muerte a un hombre. En este punto cesa el fragmento; el problema es adivinar, o conjeturar, cómo reacciona Don Quijote.

Que yo sepa, hay tres contestaciones posibles. La primera es de índole negativa; nada especial ocurre, porque en el mundo alucinatorio de Don

Quijote la muerte no es menos común que la magia y haber matado a un hombre no tiene por qué perturbar a quien se bate, o cree batirse, con endriagos y encantadores. La segunda es patética. Don Quijote no logró jamás olvidar que era una proyección de Alonso Quijano, lector de historias fabulosas; ver la muerte, comprender que un sueño lo ha llevado a la culpa de Caín, lo despierta de su consentida locura acaso para siempre. La tercera es quizá la más verosímil. Muerto aquel hombre, **Don** Quijote no puede admitir que el acto tremendo es obra de un delirio; la realidad del efecto le hace presuponer una pareja realidad de la causa y Don Quijote no saldrá nunca de su locura.

Queda otra conjetura, que es ajena al orbe español y aun al orbe del Occidente y requiere un ámbito más antiguo, más complejo y más fatigado. Don Quijote —que ya no es Don Quijote sino un rey de los ciclos del Indostán— intuye ante el cadáver del enemigo que matar y engendrar son actos divinos o mágicos que notoriamente trascienden la condición humana. Sabe que el muerto es ilusorio como lo son la espada sangrienta que le pesa en la mano y él mismo y toda su vida pretérita y los vastos dioses y el universo.

Ni aquella tarde ni la otra murió el ilustre Giambattista Marino, que las bocas unánimes de la Fama (para usar una imagen que le fue cara) proclamaron el nuevo Homero y el nuevo Dante, pero el hecho inmóvil y silencioso que entonces ocurrió fue en verdad el último de su vida. Colmado de años y de gloria, el hombre se moría en un vasto lecho español de columnas labradas. Nada cuesta imaginar a unos pasos un sereno balcón que mira al poniente y, más abajo, mármoles y laureles y un jardín que duplica sus graderías en un agua rectangular. Una mujer ha puesto en una copa una rosa amarilla; el hombre murmura los versos inevitables que a él mismo, para hablar con sinceridad, ya lo hastían un poco:

Púrpura del jardín, pompa del prado,
gema de primavera, ojo de abril...

Entonces ocurrió la revelación. Marino *vio* la rosa, como Adán pudo verla en el Paraíso, y sintió que ella estaba en su eternidad y no en sus palabras y que podemos mencionar o aludir pero no expresar y que los altos y soberbios·volúmenes que formaban en un ángulo de la sala una penumbra de oro no eran (como su vanidad soñó) un espejo del mundo, sino una cosa más agregada al mundo.

Esta iluminación alcanzó Marino en la víspera de su muerte, y Homero y Dante acaso la alcanzaron también.

El testigo

En un establo que está casi a la sombra de la nueva iglesia de piedra, un hombre de ojos grises y barba gris, tendido entre el olor de los animales, humildemente busca la muerte como quien busca el sueño. El día, fiel a vastas leyes secretas, va desplazando y confundiendo las sombras en el pobre recinto; afuera están las tierras aradas y un zanjón cegado por hojas muertas y algún rastro de lobo en el barro negro donde empiezan los bosques. El hombre duerme y sueña, olvidado. El toque de oración lo despierta. En los reinos de Inglaterra el son de campanas ya es uno de los hábitos de la tarde, pero el hombre, de niño, ha visto la cara de Woden, el horror divino y la exultación, el torpe ídolo de madera recargado de

monedas romanas y de vestiduras pesadas, el sacrificio de caballos, perros y prisioneros. Antes
del alba morirá y con él morirán, y no volverán,
las últimas imágenes inmediatas de los ritos paganos; el mundo será un poco más pobre cuando
este sajón haya muerto.

Hechos que pueblan el espacio y que tocan a
su fin cuando alguien se muere pueden maravillarnos, pero una cosa, o un número infinito de
cosas, muere en cada agonía, salvo que exista una
memoria del universo, como han conjeturado los
teósofos. En el tiempo hubo un día que apagó
los últimos ojos que vieron a Cristo; la batalla
de Junín y el amor de Helena murieron con la
muerte de un hombre. ¿Qué morirá conmigo cuando yo muera, qué forma patética o deleznable perderá el mundo? ¿La voz de Macedonio Fernández, la imagen de un caballo colorado en el baldío
de Serrano y de Charcas, una barra de azufre en
el cajón de un escritorio de caoba?

De esta ciudad salieron ejércitos que parecían grandes y que después lo fueron por la magnificación de la gloria. Al cabo de los años, alguno de los soldados volvió y, con un dejo forastero, refirió historias que le habían ocurrido en lugares llamados Ituzaingó o Ayacucho. Estas cosas, ahora, son como si no hubieran sido.

Dos tiranías hubo aquí. Durante la primera, unos hombres, desde el pescante de un carro que salía del mercado del Plata, pregonaron duraznos blancos y amarillos; un chico levantó una punta de lona que los cubría y vio cabezas unitarias con la barba sangrienta. La segunda fue para muchos cárcel y muerte; para todos un malestar, un sabor de oprobio en los actos de cada día, una humillación incesante. Estas cosas, ahora, son como si no hubieran sido.

Un hombre que sabía todas las palabras miró con minucioso amor las plantas y los pájaros de esta tierra y los definió, tal vez para siempre, y escribió con metáforas de metales la vasta crónica de los tumultuosos ponientes y de las formas de la luna. Estas cosas, ahora, son como si no hubieran sido.

También aquí las generaciones han conocido esas vicisitudes comunes y de algún modo eternas que son la materia del arte. Estas cosas, ahora, son como si no hubieran sido, pero en una pieza de hotel, hacia mil ochocientos sesenta y tantos, un hombre soñó una pelea. Un gaucho alza a un moreno con el cuchillo, lo tira como un saco de huesos, lo ve agonizar y morir, se agacha para limpiar el acero, desata su caballo y monta despacio, para que no piensen que huye. Esto que fue una vez vuelve a ser, infinitamente; los visibles ejércitos se fueron y queda un pobre duelo a cuchillo; el sueño de uno es parte de la memoria de todos.

En un corredor vi una flecha que indicaba una dirección y pensé que aquel símbolo inofensivo había sido alguna vez una cosa de hierro, un proyectil inevitable y mortal, que entró en la carne de los hombres y de los leones y nubló el sol en las Termópilas y dio a Harald Sigurdarson, para siempre, seis pies de tierra inglesa.

Días después, alguien me mostró una fotografía de un jinete magiar; un lazo dado vueltas rodeaba el pecho de su cabalgadura. Supe que el lazo, que antes anduvo por el aire y sujetó a los toros del pastizal, no era sino una gala insolente del apero de los domingos.

En el cementerio del Oeste vi una cruz rúnica, labrada en mármol rojo; los brazos eran curvos y se ensanchaban y los rodeaba un círculo. Esa cruz apretada y limitada figuraba la otra, de brazos libres, que a su vez figura el patíbulo en que un dios padeció, la «máquina vil» insultada por Luciano de Samosata.

Cruz, lazo y flecha, viejos utensilios del hombre, hoy rebajados o elevados a símbolos; no sé por qué me maravillan, cuando no hay en la tierra una sola cosa que el olvido no borre o que la memoria no altere y cuando nadie sabe en qué imágenes lo traducirá el porvenir.

Harto de su tierra de España, un viejo soldado del rey buscó solaz en las vastas geografías de Ariosto, en aquel valle de la luna donde está el tiempo que malgastan los sueños y en el ídolo de oro de Mahoma que robó Montalbán.

En mansa burla de sí mismo, ideó un hombre crédulo que, perturbado por la lectura de maravillas, dio en buscar proezas y encantamientos en lugares prosaicos que se llamaban El Toboso o Montiel.

Vencido por la realidad, por España, Don Quijote murió en su aldea natal hacia 1614. Poco tiempo lo sobrevivió Miguel de Cervantes.

Para los dos, para el soñador y el soñado, toda esa trama fue la oposición de dos mundos: el mundo irreal de los libros de caballerías, el mundo cotidiano y común del siglo XVII.

No sospecharon que los años acabarían por limar la discordia, no sospecharon que la Mancha y Montiel y la magra figura del caballero serían, para el porvenir, no menos poéticas que las etapas de Simbad o que las vastas geografías de Ariosto.

Porque en el principio de la literatura está el mito, y asimismo en el fin.

Clínica Devoto, enero de 1955

Diodoro Sículo refiere la historia de un dios despedazado y disperso; quién, al andar por el crepúsculo o al trazar una fecha de su pasado, no sintió alguna vez que se había perdido una cosa infinita.

Los hombres han perdido una cara, una cara irrecuperable, y todos querían ser aquel peregrino (soñado en el empíreo, bajo la Rosa) que en Roma ve el sudario de la Verónica y murmura con fe: Jesucristo, Dios mío, Dios verdadero, ¿así era, pues, tu cara?

Una cara de piedra hay en un camino y una inscripción que dice *El verdadero Retrato de la Santa Cara del Dios de Jaén;* si realmente supiéramos cómo fue, sería nuestra la clave de las parábolas y sabríamos si el hijo del carpintero fue también el Hijo de Dios.

Pablo la vio como una luz que lo derribó; Juan, como el sol cuando resplandece en su fuerza; Teresa de Jesús, muchas veces, bañada en luz tranquila, y no pudo jamás precisar el color de los ojos.

Perdimos esos rasgos, como puede perderse un número mágico, hecho de cifras habituales; como se pierde para siempre una imagen en el calidoscopio. Podemos verlos e ignorarlos. El perfil de un judío en el subterráneo es tal vez el de Cristo; las manos que nos dan unas monedas en una ventanilla tal vez repiten las que unos soldados, un día, clavaron en la cruz.

Tal vez un rasgo de la cara crucificada acecha en cada espejo; tal vez la cara se murió, se borró, para que Dios sea todos.

Quién sabe si esta noche no la veremos en los laberintos del sueño y no lo sabremos mañana.

Aquel día, el Emperador Amarillo mostró su palacio al poeta. Fueron dejando atrás, en largo desfile, las primeras terrazas occidentales que, como gradas de un casi inabarcable anfiteatro, declinan hacia un paraíso o jardín cuyos espejos de metal y cuyos intrincados cercos de enebro prefiguraban ya el laberinto. Alegremente se perdieron en él, al principio como si condescendieran a un juego y después no sin inquietud, porque sus rectas avenidas adolecían de una curvatura muy suave pero continua y secretamente eran círculos. Hacia la medianoche, la observación de los planetas y el oportuno sacrificio de una tortuga les permitieron desligarse de esa región que parecía hechizada, pero no del sentimiento de estar perdidos, que los acompañó hasta el fin. Antecámaras y patios y bibliotecas recorrieron después y una sala exagonal con una clepsidra, y una mañana divisaron desde una torre un hombre de piedra, que luego se les perdió para siempre. Muchos resplandecientes ríos atravesaron en canoas de sándalo, o un solo río muchas veces. Pasaba el séquito imperial y la gente se prosternaba, pero un día arribaron a una isla en que alguno no lo hizo, por no haber visto nunca al Hijo del Cielo, y el verdugo tuvo que decapitarlo. Negras cabelleras y negras danzas y complicadas máscaras de oro vieron con indiferencia sus ojos; lo real se confundía con lo soñado o, mejor dicho, lo real era una de las configuraciones del sueño. Parecía imposible que la tierra fuera otra cosa que jardines, aguas, arquitecturas y formas de esplendor. Cada cien pasos una torre cortaba el aire; para los ojos el color era idéntico, pero la primera de todas era amarilla y la última escarlata, tan delicadas eran las gradaciones y tan larga la serie.

Al pie de la penúltima torre fue que el poeta (que estaba como ajeno a los espectáculos que eran maravilla de todos) recitó la breve composición que hoy vinculamos indisolublemente a su nombre y que, según repiten los historiadores más elegantes, le deparó la inmortalidad y la muerte. El texto se ha perdido; hay quien entiende que constaba de un verso; otros, de una sola palabra. Lo cierto, lo increíble, es que en el poema estaba entero y minucioso el palacio enorme, con cada ilustre porcelana y cada dibujo en cada porcelana y las penumbras y las luces de los crepúsculos y cada instante desdichado o feliz de las gloriosas dinastías de mortales, de dioses y de dragones que habitaron en él desde el interminable pasado. Todos callaron, pero el Emperador exclamó: *¡Me has arrebatado el palacio!,* y la espada de hierro del verdugo segó la vida del poeta.

Otros refieren de otro modo la historia. En el mundo no puede haber dos cosas iguales; bastó (nos dicen) que el poeta pronunciara el poema para que desapareciera el palacio, como abolido y fulminado por la última sílaba. Tales leyendas, claro está, no pasan de ser ficciones literarias. El poeta era esclavo del emperador y murió como tal; su composición cayó en el olvido porque merecía el olvido y sus descendientes buscan aún, y no encontrarán, la palabra del universo.

Everything and nothing

Nadie hubo en él; detrás de su rostro (que aun a través de las malas pinturas de la época no se parece a ningún otro) y de sus palabras, que eran copiosas, fantásticas y agitadas, no había más que un poco de frío, un sueño no soñado por alguien. Al principio creyó que todas las personas eran como él, pero la extrañeza de un compañero con el que había empezado a comentar esa vacuidad, le reveló su error y le dejó sentir para siempre, que un individuo no debe diferir de especie. Alguna vez pensó que en los libros hallaría remedio para su mal y así aprendió el poco latín y menos griego de que hablaría un contemporáneo; después consideró que en el ejercicio de un rito elemental de la humanidad, bien podía estar lo que buscaba y

se dejó iniciar por Anne Hathaway, durante una
larga siesta de junio. A los veintitantos años fue a
Londres. Instintivamente, ya se había adiestrado
en el hábito de simular que era alguien, para que
no se descubriera su condición de nadie; en Londres encontró la profesión a la que estaba predes-
tinado, la del actor, que en un escenario, juega a
ser otro, ante un concurso de personas que juegan
a tomarlo por aquel otro. Las tareas histriónicas le
enseñaron una felicidad singular, acaso la primera
que conoció; pero aclamado el último verso y
retirado de la escena el último muerto, el odiado
sabor de la irrealidad recaía sobre él. Dejaba de
ser Ferrex o Tamerlán y volvía a ser nadie. Acosado, dio en imaginar otros héroes y otras fábulas
trágicas. Así, mientras el cuerpo cumplía su destino de cuerpo, en lupanares y tabernas de Londres, el alma que lo habitaba era César, que desoye
la admonición del augur, y Julieta, que aborrece
a la alondra, y Macbeth, que conversa en el pára-
mo con las brujas que también son las parcas. Nadie fue tantos hombres como aquel hombre, que
a semejanza del egipcio Proteo pudo agotar todas
las apariencias del ser. A veces, dejó en algún
recodo de la obra una confesión, seguro de que no
la descifrarían; Ricardo afirma que en su sola per-
sona, hace el papel de muchos, y Yago dice con
curiosas palabras *no soy lo que soy*. La identidad
fundamental de existir, soñar y representar le ins-
piró pasajes famosos.

Veinte años persistió en esa alucinación dirigida, pero una mañana lo sobrecogieron el hastío y el horror de ser tantos reyes que mueren por la espada y tantos desdichados amantes que convergen, divergen y melodiosamente agonizan. Aquel mismo día resolvió la venta de su teatro. Antes de una semana había regresado al pueblo natal, donde recuperó los árboles y el río de la niñez y no los vinculó a aquellos otros que había celebrado su musa, ilustres de alusión mitológica y de voces latinas. Tenía que ser alguien; fue un empresario retirado que ha hecho fortuna y a quien le interesan los préstamos, los litigios y la pequeña usura. En ese carácter dictó el árido testamento que conocemos, del que deliberadamente excluyó todo rasgo patético o literario. Solían visitar su retiro amigos de Londres, y él retomaba para ellos el papel de poeta.

La historia agrega que, antes o después de morir, se supo frente a Dios y le dijo: *Yo, que tantos hombres he sido en vano, quiero ser uno y yo.* La voz de Dios le contestó desde un torbellino: *Yo tampoco soy; yo soñé el mundo como tú soñaste tu obra, mi Shakespeare, y entre las formas de mi sueño estás tú, que como yo eres muchos y nadie.*

En los sueños (escribe Coleridge) las imágenes figuran las impresiones que pensamos que causan; no sentimos horror porque nos oprime una esfinge, soñamos una esfinge para explicar el horror que sentimos. Si esto es así ¿cómo podría una mera crónica de sus formas transmitir el estupor, la exaltación, las alarmas, la amenaza y el júbilo que tejieron el sueño de esa noche? Ensayaré esa crónica, sin embargo; acaso el hecho de que una sola escena integró aquel sueño borre o mitigue la dificultad esencial.

El lugar era la Facultad de Filosofía y Letras; la hora, el atardecer. Todo (como suele ocurrir en los sueños) era un poco distinto; una ligera magnificación alteraba las cosas. Elegíamos auto-

ridades; yo hablaba con Pedro Henríquez Ureña,
que en la vigilia ha muerto hace muchos años.
Bruscamente nos aturdió un clamor de manifesta-
ción o de murga. Alaridos humanos y animales
llegaban desde el Bajo. Una voz gritó: *¡Ahí vie-
nen!,* y después *¡Los Dioses! ¡Los Dioses!* Cuatro
o cinco sujetos salieron de la turba y ocuparon la
tarima del Aula Magna. Todos aplaudimos, lloran-
do; eran los Dioses que volvían al cabo de un des-
tierro de siglos. Agrandados por la tarima, la cabeza echada hacia atrás y el pecho hacia adelante, re-
cibieron con soberbia nuestro homenaje. Uno
sostenía una rama, que se conformaba, sin duda,
a la sencilla botánica de los sueños; otro, en am-
plio ademán, extendía una mano que era una ga-
rra; una de las caras de Jano miraba con recelo el
encorvado pico de Thoth. Tal vez excitado por
nuestros aplausos, uno, ya no sé cuál, prorrumpió
en un cloqueo victorioso, increíblemente agrio,
con algo de gárgara y de silbido. Las cosas, desde
aquel momento, cambiaron.

Todo empezó por la sospecha (tal vez exagera-
da) de que los Dioses no sabían hablar. Siglos de
vida fugitiva y feral habían atrofiado en ellos lo
humano; la luna del Islam y la cruz de Roma habían sido implacables con esos prófugos. Frentes
muy bajas, dentaduras amarillas, bigotes ralos de
mulato o de chino y belfos bestiales publicaban
la degeneración de la estirpe olímpica. Sus pren-
das no correspondían a una pobreza decorosa y

decente sino al lujo malevo de los garitos y de los lupanares del Bajo. En un ojal sangraba un clavel; en un saco ajustado se adivinaba el bulto de una daga. Bruscamente sentimos que jugaban su última carta, que eran taimados, ignorantes y crueles como viejos animales de presa y que, si nos dejábamos ganar por el miedo o la lástima, acabarían por destruirnos.

Sacamos los pesados revólveres (de pronto hubo revólveres en el sueño) y alegremente dimos muerte a los Dioses.

Desde el crepúsculo del día hasta el crepúsculo de la noche, un leopardo, en los años finales del siglo XII, veía unas tablas de madera unos barrotes verticales de hierro, hombres y mujeres cambiantes, un paredón y tal vez una canaleta de piedra con hojas secas. No sabía, no podía saber, que anhelaba amor y crueldad y el caliente placer de despedazar y el viento con olor a venado, pero algo en él se ahogaba y se rebelaba y Dios le habló en un sueño: *Vives y morirás en esta prisión, para que un hombre que yo sé te mire un número determinado de veces y no te olvide y ponga tu figura y tu símbolo en un poema, que tiene su preciso lugar en la trama del universo. Padeces cautiverio, pero habrás dado una palabra al poema.* Dios, en el sueño, iluminó la rudeza del animal y éste comprendió las razones y aceptó ese destino, pero sólo hubo en él, cuando despertó, una oscura resignación, una valerosa ignorancia, porque la máquina del mundo es harto compleja para la simplicidad de una fiera.

Años después, Dante se moría en Rávena, tan injustificado y tan solo como cualquier otro hombre. En un sueño, Dios le declaró el secreto propósito de su vida y de su labor; Dante, maravillado, supo al fin quién era y qué era y bendijo sus amarguras. La tradición refiere que, al despertar, sintió que había recibido y perdido una cosa infinita, algo que no podría recuperar, ni vislumbrar siquiera, porque la máquina del mundo es harto compleja para la simplicidad de los hombres.

Al otro, a Borges, es a quien le ocurren las cosas. Yo camino por Buenos Aires y me demoro, acaso ya mecánicamente, para mirar el arco de un zaguán y la puerta cancel; de Borges tengo noticias por el correo y veo su nombre en una terna de profesores o en un diccionario biográfico. Me gustan los relojes de arena, los mapas, la tipografía del siglo XVIII, el sabor del café y la prosa de Stevenson; el otro comparte esas preferencias, pero de un modo vanidoso que las convierte en atributos de un actor. Sería exagerado afirmar que nuestra relación es hostil; yo vivo, yo me dejo vivir, para que Borges pueda tramar su literatura y esa literatura me justifica. Nada me cuesta confesar que ha logrado ciertas páginas válidas, pero esas páginas no me pueden salvar, quizá porque lo bueno ya no es de nadie, ni siquiera del otro, sino del lenguaje o la tradición. Por lo demás, yo estoy destinado a perderme, definitivamente, y sólo algún instante de mí podrá sobrevivir en el otro. Poco a poco voy cediéndole todo, aunque me consta su perversa costumbre de falsear y magnificar. Spinoza entendió que todas las cosas quieren perseverar en su ser; la piedra eternamente quiere ser piedra y el tigre un tigre. Yo he de quedar en Borges, no en mí (si es que alguien soy), pero me reconozco menos en sus libros que en muchos otros o que en el laborioso rasgueo de una guitarra. Hace años yo traté de librarme de él y pasé de las mitologías del arrabal a los juegos con el tiempo y con lo infinito, pero esos juegos son de Borges ahora y tendré que idear otras cosas. Así mi vida es una fuga y todo lo pierdo y todo es del olvido, o del otro.

No sé cuál de los dos escribe esta página.

Poema de los dones

Nadie rebaje a lágrima o reproche
Esta declaración de la maestría
De Dios, que con magnífica ironía
Me dio a la vez los libros y la noche.

De esta ciudad de libros hizo dueños
A unos ojos sin luz, que sólo pueden
Leer en las bibliotecas de los sueños
Los insensatos párrafos que ceden

Las albas a su afán. En vano el día
Les prodiga sus libros infinitos,
Arduos como los arduos manuscritos
Que perecieron en Alejandría.

De hambre y de sed (narra una historia griega)
Muere un rey entre fuentes y jardines;
Yo fatigo sin rumbo los confines
De esta alta y honda biblioteca ciega.

Enciclopedias, atlas, el Oriente
Y el Occidente, siglos, dinastías,
Símbolos, cosmos y cosmogonías
Brindan los muros, pero inútilmente.

Lento en mi sombra, la penumbra hueca
Exploro con el báculo indeciso,
Yo, que me figuraba el Paraíso
Bajo la especie de una biblioteca.

Algo, que ciertamente no se nombra
Con la palabra *azar*, rige estas cosas;
Otro ya recibió en otras borrosas
Tardes los muchos libros y la sombra.

Al errar por las lentas galerías
Suelo sentir con vago horror sagrado
Que soy el otro, el muerto, que habrá dado
Los mismos pasos en los mismos días.

¿Cuál de los dos escribe este poema
De un yo plural y de una sola sombra?
¿Qué importa la palabra que me nombra
Si es indiviso y uno el anatema?

Groussac o Borges, miro este querido
Mundo que se deforma y que se apaga
En una pálida ceniza vaga
Que se parece al sueño y al olvido.

Está bien que se mida con la dura
Sombra que una columna en el estío
Arroja o con el agua de aquel río
En que Heráclito vio nuestra locura

El tiempo, ya que al tiempo y al destino
Se parecen los dos: la imponderable
Sombra diurna y el curso irrevocable
Del agua que prosigue su camino.

Está bien, pero el tiempo en los desiertos
Otra substancia halló, suave y pesada,
Que parece haber sido imaginada
Para medir el tiempo de los muertos.

75

Surge así el alegórico instrumento
De los grabados de los diccionarios,
La pieza que los grises anticuarios
Relegarán al mundo ceniciento

Del alfil desparejo, de la espada
Inerme, del borroso telescopio,
Del sándalo mordido por el opio,
Del polvo, del azar y de la nada.

¿Quién no se ha demorado ante el severo
Y tétrico instrumento que acompaña
En la diestra del dios a la guadaña
Y cuyas líneas repitió Durero?

Por el ápice abierto el cono inverso
Deja caer la minuciosa arena,
Oro gradual que se desprende y llena
El cóncavo cristal de su universo.

Hay un agrado en observar la arcana
Arena que resbala y que declina
Y, a punto de caer, se arremolina
Con una prisa que es del todo humana.

La arena de los ciclos es la misma
E infinita es la historia de la arena;
Así, bajo tus dichas o tu pena,
La invulnerable eternidad se abisma.

No se detiene nunca la caída.
Yo me desangro, no el cristal. El rito
De decantar la arena es infinito
Y con la arena se nos va la vida.

En los minutos de la arena creo
Sentir el tiempo cósmico: la historia
Que encierra en sus espejos la memoria
O que ha disuelto el mágico Leteo.

El pilar de humo y el pilar de fuego,
Cartago y Roma y su apretada guerra,
Simón Mago, los siete pies de tierra
Que el rey sajón ofrece al rey noruego,

Todo lo arrastra y pierde este incansable
Hilo sutil de arena numerosa.
No he de salvarme yo, fortuita cosa
De tiempo, que es materia deleznable.

I

En su grave rincón, los jugadores
Rigen las lentas piezas. El tablero
Los demora hasta el alba en su severo
Ámbito en que se odian dos colores.

Adentro irradian mágicos rigores
Las formas: torre homérica, ligero
Caballo, armada reina, rey postrero,
Oblicuo alfil y peones agresores.

Cuando los jugadores se hayan ido,
Cuando el tiempo los haya consumido,
Ciertamente no habrá cesado el rito.

En el oriente se encendió esta guerra
Cuyo anfiteatro es hoy toda la tierra.
Como el otro, este juego es infinito.

II

Tenue rey, sesgo alfil, encarnizada
Reina, torre directa y peón ladino
Sobre lo negro y blanco del camino
Buscan y libran su batalla armada.

No saben que la mano señalada
Del jugador gobierna su destino,
No saben que un rigor adamantino
Sujeta su albedrío y su jornada.

También el jugador es prisionero
(La sentencia es de Omar) de otro tablero
De negras noches y de blancos días.

Dios mueve al jugador y éste, la pieza.
¿Qué dios detrás de Dios la trama empieza
De polvo y tiempo y sueño y agonía?

Yo, que sentí el horror de los espejos
No sólo ante el cristal impenetrable
Donde acaba y empieza, inhabitable,
Un imposible espacio de reflejos

Sino ante el agua especular que imita
El otro azul en su profundo cielo
Que a veces raya el ilusorio vuelo
Del ave inversa o que un temblor agita

Y ante la superficie silenciosa
Del ébano sutil cuya tersura
Repite como un sueño la blancura
De un vago mármol o una vaga rosa,

Hoy, al cabo de tantos y perplejos
Años de errar bajo la varia luna,
Me pregunto qué azar de la fortuna
Hizo que yo temiera los espejos.

Espejos de metal, enmascarado
Espejo de caoba que en la bruma
De su rojo crepúsculo disfuma
Ese rostro que mira y es mirado,

Infinitos los veo, elementales
Ejecutores de un antiguo pacto,
Multiplicar el mundo como el acto
Generativo, insomnes y fatales.

Prolongan este vano mundo incierto
En su vertiginosa telaraña;
A veces en la tarde los empaña
El hálito de un hombre que no ha muerto.

Nos acecha el cristal. Si entre las cuatro
Paredes de la alcoba hay un espejo,
Ya no estoy solo. Hay otro. Hay el reflejo
Que arma en el alba un sigiloso teatro.

Todo acontece y nada se recuerda
En esos gabinetes cristalinos
Donde, como fantásticos rabinos,
Leemos los libros de derecha a izquierda.

Claudio, rey de una tarde, rey soñado,
No sintió que era un sueño hasta aquel día
En que un actor mimó su felonía
Con arte silencioso, en un tablado.

Que haya sueños es raro, que haya espejos,
Que el usual y gastado repertorio
De cada día incluya el ilusorio
Orbe profundo que urden los reflejos.

Dios (he dado en pensar) pone un empeño
En toda esa inasible arquitectura
Que edifica la luz con la tersura
Del cristal y la sombra con el sueño.

Dios ha creado las noches que se arman
De sueños y las formas del espejo
Para que el hombre sienta que es reflejo
Y vanidad. Por eso nos alarman.

Todas las cosas tuvo y lentamente
Todas la abandonaron. La hemos visto
Armada de belleza. La mañana
Y el arduo mediodía le mostraron,
Desde su cumbre, los hermosos reinos
De la tierra. La tarde fue borrándolos.
El favor de los astros (la infinita
Y ubicua red de causas) le había dado
La fortuna, que anula las distancias
Como el tapiz del árabe, y confunde
Deseo y posesión, y el don del verso,
Que transforma las penas verdaderas
En una música, un rumor y un símbolo,
Y el fervor, y en la sangre la batalla
De Ituzaingó y el peso de laureles,

Y el goce de perderse en el errante
Río del tiempo (río y laberinto)
Y en los lentos colores de las tardes.
Todas las cosas la dejaron, menos
Una. La generosa cortesía
La acompañó hasta el fin de su jornada,
Más allá del delirio y del eclipse,
De un modo casi angélico. De Elvira
Lo primero que vi, hace tantos años,
Fue la sonrisa y es también lo último.

Susana Soca

Con lento amor miraba los dispersos
Colores de la tarde. Le placía
Perderse en la compleja melodía
O en la curiosa vida de los versos.
No el rojo elemental sino los grises
Hilaron su destino delicado,
Hecho a discriminar y ejercitado
En la vacilación y en los matices.
Sin atreverse a hollar este perplejo
Laberinto, miraba desde afuera
Las formas, el tumulto y la carrera,
Como aquella otra dama del espejo.
Dioses que moran más allá del ruego
La abandonaron a ese tigre, el Fuego.

La luna

Cuenta la historia que en aquel pasado
Tiempo en que sucedieron tantas cosas
Reales, imaginarias y dudosas,
Un hombre concibió el desmesurado

Proyecto de cifrar el universo
En un libro y con ímpetu infinito
Erigió el alto y arduo manuscrito
Y limó y declamó el último verso.

Gracias iba a rendir a la fortuna
Cuando al alzar los ojos vio un bruñido
Disco en el aire y comprendió, aturdido,
Que se había olvidado de la luna.

La historia que he narrado aunque fingida,
Bien puede figurar el maleficio
De cuantos ejercemos el oficio
De cambiar en palabras nuestra vida.

Siempre se pierde lo esencial. Es una
Ley de toda palabra sobre el numen.
No lo sabrá eludir este resumen
De mi largo comercio con la luna.

No sé dónde la vi por vez primera,
Si en el cielo anterior de la doctrina
Del griego o en la tarde que declina
Sobre el patio del pozo y de la higuera.

Según se sabe, esta mudable vida
Puede, entre tantas cosas, ser muy bella
Y hubo así alguna tarde en que con ella
Te miramos, oh luna compartida.

Más que las lunas de las noches puedo
Recordar las del verso: la hechizada
Dragon moon que da horror a la balada
Y la luna sangrienta de Quevedo.

De otra luna de sangre y de escarlata
Habló Juan en su libro de feroces
Prodigios y de júbilos atroces;
Otras más claras lunas hay de plata.

Pitágoras con sangre (narra una
Tradición) escribía en un espejo
Y los hombres leían el reflejo
En aquel otro espejo que es la luna.

De hierro hay una selva donde mora
El alto lobo cuya extraña suerte
Es derribar la luna y darle muerte
Cuando enrojezca el mar la última aurora.

(Esto el Norte profético lo sabe
Y también que ese día los abiertos
Mares del mundo infestará la nave
Que se hace con las uñas de los muertos.)

Cuando, en Ginebra o Zürich, la fortuna
Quiso que yo también fuera poeta,
Me impuse, como todos, la secreta
Obligación de definir la luna.

Con una suerte de estudiosa pena
Agotaba modestas variaciones,
Bajo el vivo temor de que Lugones
Ya hubiera usado el ámbar o la arena.

De lejano marfil, de humo, de fría
Nieve fueron las lunas que alumbraron
Versos que ciertamente no lograron
El arduo honor de la tipografía.

Pensaba que el poeta es aquel hombre
Que, como el rojo Adán del Paraíso,
Impone a cada cosa su preciso
Y verdadero y no sabido nombre.

Ariosto me enseñó que en la dudosa
Luna moran los sueños, lo inasible,
El tiempo que se pierde, lo posible
O lo imposible, que es la misma cosa.

De la Diana triforme Apolodoro
Me dejó divisar la sombra mágica;
Hugo me dio una hoz que era de oro,
Y un irlandés, su oscura luna trágica.

Y, mientras yo sondeaba aquella mina
De las lunas de la mitología,
Ahí estaba, a la vuelta de una esquina,
La luna celestial de cada día.

Sé que entre todas las palabras, una
Hay que recordarla o figurarla.
El secreto, a mi ver, está en usarla
Con humildad. Es la palabra *luna*.

Ya no me atrevo a macular su pura
Aparición con una imagen vana;
La veo indescifrable y cotidiana
Y más allá de mi literatura.

Sé que la luna o la palabra *luna*
Es una letra que fue creada para
La compleja escritura de esa rara
Cosa que somos, numerosa y una.

Es uno de los símbolos que al hombre
Da el hado o el azar para que un día
De exaltación gloriosa o agonía
Pueda escribir su verdadero nombre.

Bruscamente la tarde se ha aclarado
Porque ya cae la lluvia minuciosa.
Cae o cayó. La lluvia es una cosa
Que sin duda sucede en el pasado.

Quien la oye caer ha recobrado
El tiempo en que la suerte venturosa
Le reveló una flor llamada *rosa*
Y el curioso color del colorado.

Esta lluvia que ciega los cristales
Alegrará en perdidos arrabales
Las negras uvas de una parra en cierto

Patio que ya no existe. La mojada
Tarde me trae la voz, la voz deseada,
De mi padre que vuelve y que no ha muerto.

A la efigie de un capitán de los ejércitos
de Cromwell

No rendirán de Marte las murallas
A éste, que salmos del Señor inspiran;
Desde otra luz (desde otro siglo) miran
Los ojos, que miraron las batallas.
La mano está en los hierros de la espada.
Por la verde región anda la guerra;
Detrás de la penumbra está Inglaterra,
Y el caballo y la gloria y tu jornada.
Capitán, los afanes son engaños,
Vano el arnés y vana la porfía
Del hombre, cuyo término es un día;
Todo ha concluido hace ya muchos años.
El hierro que ha de herirte se ha herrumbrado;
Estás (como nosotros) condenado.

Caminas por el campo de Castilla
Y casi no lo ves. Un intrincado
Versículo de Juan es tu cuidado
Y apenas reparaste en la amarilla

Puesta del sol. La vaga luz delira
Y en el confín del Este se dilata
Esa luna de escarnio y de escarlata
Que es acaso el espejo dè la Ira.

Alzas los ojos y la miras. Una
Memoria de algo que fue tuyo empieza
Y se apaga. La pálida cabeza

Bajas y sigues caminando triste,
Sin recordar el verso que escribiste:
Y su epitafio la sangrienta luna.

El otro tigre

Pienso en un tigre. La penumbra exalta
La vasta Biblioteca laboriosa
Y parece alejar los anaqueles;
Fuerte, inocente, ensangrentado y nuevo,
Él irá por su selva y su mañana
Y marcará su rastro en la limosa
Margen de un río cuyo nombre ignora
(En su mundo no hay nombres ni pasado
Ni porvenir, sólo un instante cierto)
Y salvará las bárbaras distancias
Y husmeará en el trenzado laberinto
De los olores el olor del alba
Y el olor deleitable del venado.

Entre las rayas de bambú descifro
Sus rayas y presiento la osatura
Bajo la piel espléndida que vibra.
En vano se interponen los convexos
Mares y los desiertos del planeta;
Desde esta casa de un remoto puerto
De América del Sur, te sigo y sueño,
Oh tigre de las márgenes del Ganges.
Cunde la tarde en mi alma y reflexiono
Que el tigre vocativo de mi verso
Es un tigre de símbolos y sombras,
Una serie de tropos literarios
Y de memorias de la enciclopedia
Y no el tigre fatal, la aciaga joya
Que, bajo el sol o la diversa luna,
Va cumpliendo en Sumatra o en Bengala
Su rutina de amor, de ocio y de muerte.
Al tigre de los símbolos he opuesto
El verdadero, el de caliente sangre,
El que diezma la tribu de los búfalos
Y hoy, 3 de agosto del 59,
Alarga en la pradera una pausada
Sombra, pero ya el hecho de nombrarlo
Y de conjeturar su circunstancia
Lo hace ficción del arte y no criatura
Viviente de las que andan por la tierra.

Un tercer tigre buscaremos. Este
Será como los otros una forma

De mi sueño, un sistema de palabras
Humanas y no el tigre vertebrado
Que, más allá de las mitologías,
Pisa la tierra. Bien lo sé, pero algo
Me impone esta aventura indefinida
Insensata y antigua, y persevero
En buscar por el tiempo de la tarde
El otro tigre, el que no está en el verso.

Lejos del mar y de la hermosa guerra,
Que así el amor lo que ha perdido alaba,
El bucanero ciego fatigaba
Los terrosos caminos de Inglaterra.

Ladrado por los perros de las granjas,
Pifia de los muchachos del poblado,
Dormía un achacoso y agrietado
Sueño en el negro polvo de las zanjas.

Sabía que en remotas playas de oro
Es suyo un recóndito tesoro
Y esto aliviaba su contraria suerte;

También a ti en remotas playas de oro
Te aguarda incorruptible tu tesoro:
La vasta y vaga populosa muerte.

Alusión a una sombra de mil ochocientos noventa
y tantos

Nada. Sólo el cuchillo de Muraña.
Sólo en la tarde gris la historia trunca.
No sé por qué en las tardes me acompaña
Este asesino que no he visto nunca.
Palermo era más bajo. El amarillo
Paredón de la cárcel dominaba
Arrabal y barrial. Por esa brava
Región anduvo el sórdido cuchillo.
El cuchillo. La cara se ha borrado
Y de aquel mercenario cuyo austero
Oficio era el coraje, no ha quedado
Más que una sombra y un fulgor de acero.
Que el tiempo, que los mármoles empaña,
Salve este firme nombre: Juan Muraña.

Alusión a la muerte del coronel Francisco Borges
(1835-74)

Lo dejo en el caballo, en esa hora
Crepuscular en que buscó la muerte;
Que de todas las horas de su suerte
Ésta perdure, amarga y vencedora.
Avanza por el campo la blancura
Del caballo y del poncho. La paciente
Muerte acecha en los rifles. Tristemente
Francisco Borges va por la llanura.
Esto que lo cercaba, la metralla,
Esto que ve, la pampa desmedida,
Es lo que vio y oyó toda la vida.
Está en lo cotidiano, en la batalla.
Alto lo dejo en su épico universo
Y casi no tocado por el verso.

El vago azar o las precisas leyes
Que rigen este sueño, el universo,
Me permitieron compartir un terso
Trecho del curso con Alfonso Reyes.

Supo bien aquel arte que ninguno
Supo del todo, ni Simbad ni Ulises,
Que es pasar de un país a otros países
Y estar íntegramente en cada uno.

Si la memoria le clavó su flecha
Alguna vez, labró con el violento
Metal del arma el numeroso y lento
Alejandrino o la afligida endecha.

En los trabajos lo asistió la humana
Esperanza y fue lumbre de su vida
Dar con el verso que ya no se olvida
Y renovar la prosa castellana.

Más allá del Myo Cid de paso tardo
Y de la grey que aspira a ser oscura,
Rastreaba la fugaz literatura
Hasta los arrabales del lunfardo.

En los cinco jardines del Marino
Se demoró, pero algo en él había
Inmortal y esencial que prefería
El arduo estudio y el deber divino.

Prefirió, mejor dicho, los jardines
De la meditación, donde Porfirio
Erigió ante las sombras y el delirio
El Árbol del Principio y de los Fines.

Reyes, la minuciosa providencia
Que administra lo pródigo y lo parco
Nos dio a los unos el sector o el arco,
Pero a ti la total circunferencia.

Lo dichoso buscabas o lo triste
Que ocultan frontispicios y renombres;
Como el Dios del Erígena, quisiste
Ser nadie para ser todos los hombres.

Vastos y delicados esplendores
Logró tu estilo, esa precisa rosa,
Y a las guerras de Dios tornó gozosa
La sangre militar de tus mayores.

¿Dónde estará (pregunto) el mexicano?
¿Contemplará con el horror de Edipo
Ante la extraña Esfinge, el Arquetipo
Inmóvil de la Cara o de la Mano?

¿O errará, como Swedenborg quería,
Por un orbe más vívido y complejo
Que el terrenal, que apenas es reflejo
De aquella alta y celeste algarabía?

Si (como los imperios de la laca
Y del ébano enseñan) la memoria
Labra su íntimo Edén, ya hay en la gloria
Otro México y otra Cuernavaca.

Sabe Dios los colores que la suerte
Propone al hombre más allá del día;
Yo ando por estas calles. Todavía
Muy poco se me alcanza de la muerte.

Sólo una cosa sé. Que Alfonso Reyes
(Dondequiera que el mar lo haya arrojado)
Se aplicará dichoso y desvelado
Al otro enigma y a las otras leyes.

Al impar tributemos y al diverso
Las palmas y el clamor de una victoria;
No profanen las lágrimas el verso
Que nuestro amor inscribe a su memoria.

Los Borges

Nada o muy poco sé de mis mayores
Portugueses, los Borges: vaga gente
Que prosigue en mi carne, oscuramente,
Sus hábitos, rigores y temores.
Tenues como si nunca hubieran sido
Y ajenos a los trámites del arte,
Indescifrablemente forman parte
Del tiempo, de la tierra y del olvido.
Mejor así. Cumplida la faena,
Son Portugal, son la famosa gente
Que forzó las murallas del Oriente
Y se dio al mar y al otro mar de arena.
Son el rey que en el místico desierto
Se perdió y el que jura que no ha muerto.

A Luis de Camoens

Sin lástima y sin ira el tiempo mella
Las heroicas espadas. Pobre y triste
A tu patria nostálgica volviste,
Oh capitán, para morir en ella
Y con ella. En el mágico desierto
La flor de Portugal se había perdido
Y el áspero español, antes vencido,
Amenazaba su costado abierto.
Quiero saber si aquende la ribera
Última comprendiste humildemente
Que todo lo perdido, el Occidente
Y el Oriente, el acero y la bandera,
Perduraría (ajeno a toda humana
Mutación) en tu Eneida lusitana.

La rueda de los astros no es infinita
Y el tigre es una de las formas que vuelven,
Pero nosotros, lejos del azar y de la aventura,
Nos creíamos desterrados a un tiempo exhausto,
El tiempo en que nada puede ocurrir.
El universo, el trágico universo, no estaba aquí
Y fuerza era buscarlo en otros lugares;
Yo tramaba una humilde mitología de tapias y cu-
Y Ricardo pensaba en sus reseros.   [chillos

No sabíamos que el porvenir encerraba el rayo,
No presentimos el oprobio, el incendio y la tre-
                    [menda noche de la Alianza;

Nada nos dijo que la historia argentina echaría a
[andar por las calles,
La historia, la indignación, el amor,
Las muchedumbres como el mar, el nombre de
[Córdoba,
El sabor de lo real y de lo increíble, el horror y la
[gloria.

El claro azar o las secretas leyes
Que rigen este sueño, mi destino,
Quieren, oh necesaria y dulce patria
Que no sin gloria y sin oprobio abarcas
Ciento cincuenta laboriosos años,
Que yo, la gota, hable contigo, el río,
Que yo, el instante, hable contigo, el tiempo,
Y que el íntimo diálogo recurra,
Como es de uso, a los ritos y a la sombra
Que aman los dioses y al pudor del verso.

Patria, yo te he sentido en los ruinosos
Ocasos de los vastos arrabales
Y en esa flor de cardo que el pampero

Trae al zaguán y en la paciente lluvia
Y en las lentas costumbres de los astros
Y en la mano que templa una guitarra
Y en la gravitación de la llanura
Que desde lejos nuestra sangre siente
Como el britano el mar y en los piadosos
Símbolos y jarrones de una bóveda
Y en el rendido amor de los jazmines
Y en la plata de un marco y en el suave
Roce de la caoba silenciosa
Y en sabores de carnes y de frutas
Y en la bandera casi azul y blanca
De un cuartel y en historias desganadas
De cuchillo y de esquina y en las tardes
Iguales que se apagan y nos dejan
Y en la vaga memoria complacida
De patios con esclavos que llevaban
El nombre de sus amos y en las pobres
Hojas de aquellos libros para ciegos
Que el fuego dispersó y en la caída
De las épicas lluvias de septiembre
Que nadie olvidará, pero estas cosas
Son apenas tus modos y tus símbolos.

Eres más que tu largo territorio
Y que los días de tu largo tiempo,
Eres más que la suma inconcebible
de tus generaciones. No sabemos
Cómo eres para Dios en el viviente

Seno de los eternos arquetipos,
Pero por ese rostro vislumbrado
Vivimos y morimos y anhelamos,
Oh inseparable y misteriosa patria.

Nadie puede escribir un libro. Para
Que un libro sea verdaderamente,
Se requieren la aurora y el poniente,
Siglos, armas y mar que une y separa.

Así lo pensó Ariosto, que al agrado
Lento se dio, en el ocio de caminos
De claros mármoles y negros pinos,
De volver a soñar lo ya soñado.

El aire de su Italia estaba henchido
De sueños, que con formas de la guerra
Que en duros siglos fatigó la tierra
Urdieron la memoria y el olvido.

Una legión que se perdió en los valles
De Aquitania cayó en una emboscada;
Así nació aquel sueño de una espada
Y del cuerno que clama en Roncesvalles.

Sus ídolos y ejércitos el duro
Sajón sobre los huertos de Inglaterra
Dilató en apretada y torpe guerra
Y de esas cosas quedó un sueño: Arturo.

De las islas boreales donde un ciego
Sol desdibuja el mar, llegó aquel sueño
De una virgen dormida que a su dueño
Aguarda, tras un círculo de fuego.

Quién sabe si de Persia o del Parnaso
Vino aquel sueño del corcel alado
Que por el aire el hechicero armado
Urge y que se hunde en el desierto ocaso.

Como desde el corcel del hechicero,
Ariosto vio los reinos de la tierra
Surcada por las fiestas de la guerra
Y del joven amor aventurero.

Como a través de tenue bruma de oro
Vio en el mundo un jardín que sus confines
Dilata en otros íntimos jardines
Para el amor de Angélica y Medoro.

Como los ilusorios esplendores
Que al Indostán deja entrever el opio,
Pasan por el Furioso los amores
En un desorden de calidoscopio.

Ni el amor ignoró ni la ironía
Y soñó así, de pudoroso modo,
El singular castillo en el que todo
Es (como en esta vida) una falsía.

Como a todo poeta, la fortuna
O el destino le dio una suerte rara;
Iba por los caminos de Ferrara
Y al mismo tiempo andaba por la luna.

Escoria de los sueños, indistinto
Limo que el Nilo de los sueños deja,
Con ellos fue tejida la madeja
De ese resplandeciente laberinto.

De ese enorme diamante en el que un hombre
Puede perderse venturosamente
Por ámbitos de música indolente,
Más allá de su carne y de su nombre.

Europa entera se perdió. Por obra
De aquel ingenuo y malicioso arte,
Milton pudo llorar de Brandimarte
El fin y de Dalinda la zozobra.

Europa se perdió, pero otros dones
Dio el vasto sueño a la famosa gente
Que habita los desiertos del Oriente
Y la noche cargada de leones.

De un rey que entrega, al despuntar el día,
Su reina de una noche a la implacable
Cimitarra, nos cuenta el deleitable
Libro que al tiempo encanta todavía.

Alas que son la brusca noche, crueles
Garras de las que pende un elefante,
Magnéticas montañas cuyo amante
Abrazo despedaza los bajeles,

La tierra sostenida por un toro
Y el toro por un pez; abracadabras,
Talismanes y místicas palabras
Que en el granito abren cavernas de oro;

Esto soñó la sarracena gente
Que sigue las banderas de Agramante;
Esto, que vagos rostros con turbante
Soñaron, se adueñó del Occidente.

Y el Orlando es ahora una risueña
Región que alarga inhabitadas millas
De inocentes y ociosas maravillas
Que son un sueño que ya nadie sueña.

Por islámicas artes reducido
A simple erudición, a mera historia,
Está solo, soñándose. (La gloria
Es una de las formas del olvido.)

Por el cristal ya pálido la incierta
Luz de una tarde más toca el volumen
Y otra vez arden y otra se consumen
Los oros que envanecen la cubierta.

En la desierta sala el silencioso
Libro viaja en el tiempo. Las auroras
Quedan atrás y las nocturnas horas
Y mi vida, este sueño presuroso.

Al iniciar el estudio de la gramática anglosajona

Al cabo de cincuenta generaciones
(Tales abismos nos depara a todos el tiempo)
Vuelvo en la margen ulterior de un gran río
Que no alcanzaron los dragones del *viking,*
A las ásperas y laboriosas palabras
Que, con una boca hecha polvo,
Usé en los días de Nortumbria y de Mercia,
Antes de ser Haslam o Borges.
El sábado leímos que Julio el César
Fue el primero que vino de Romeburg para de-
                                        [velar Inglaterra;
Antes que vuelvan los racimos habré escuchado
La voz del ruiseñor del enigma
Y la elegía de los doce guerreros
Que rodean el túmulo de su rey.

Símbolos de otros símbolos, variaciones
Del futuro inglés o alemán me parecen estas pala-
Que alguna vez fueron imágenes   [bras
Y que un hombre usó para celebrar el mar o una
Mañana volverán a vivir,   [espada;
Mañana *fyr* no será *fire* sino esa suerte
De dios domesticado y cambiante
Que a nadie le está dado mirar sin un antiguo
                                        [asombro.

Alabado sea el infinito
Laberinto de los efectos y de las causas
Que antes de mostrarme el espejo
En que no veré a nadie o veré a otro
Me concede esta pura contemplación
De un lenguaje del alba.

Gentil o hebreo o simplemente un hombre
Cuya cara en el tiempo se ha perdido;
Ya no rescataremos del olvido
Las silenciosas letras de su nombre.

Supo de la clemencia lo que puede
Saber un bandolero que Judea
Clava a una cruz. Del tiempo que antecede
Nada alcanzamos hoy. En su tarea

Última de morir crucificado,
Oyó, entre los escarnios de la gente,
Que el que estaba muriéndose a su lado
Era un dios y le dijo ciegamente:

135

Acuérdate de mi cuando vinieres
A tu reino, y la voz inconcebible
Que un día juzgará a todos los seres
Le prometió desde la Cruz terrible

El Paraíso. Nada más dijeron
Hasta que vino el fin, pero la historia
No dejará que muera la memoria
De aquella tarde en que los dos murieron.

Oh amigos, la inocencia de este amigo
De Jesucristo, ese candor que hizo
Que pidiera y ganara el Paraíso
Desde las ignominias del castigo,

Era el que tantas veces al pecado
Lo arrojó y al azar ensangrentado.

Nadie en la noche indescifrable tema
Que yo me pierda entre las negras flores
Del parque, donde tejen su sistema
Propicio a los nostálgicos amores

O al ocio de las tardes, la secreta
Ave que siempre un mismo canto afina,
El agua circular y la glorieta,
La vaga estatua y la dudosa ruina.

Hueca en la hueca sombra, la cochera
Marca (lo sé) los trémulos confines
De este mundo de polvo y de jazmines,
Grato a Verlaine y grato a Julio Herrera.

Su olor medicinal dan a la sombra
Los eucaliptos: ese olor antiguo
Que, más allá del tiempo y del ambiguo
Lenguaje, el tiempo de las quintas nombra.

Mi paso busca y halla el esperado
umbral. Su oscuro borde la azotea
Define y en el patio ajedrezado
La canilla periódica gotea.

Duermen del otro lado de las puertas
Aquellos que por obra de los sueños
Son en la sombra visionaria dueños
Del vasto ayer y de las cosas muertas.

Cada objeto conozco de este viejo
Edificio: las láminas de mica
Sobre esa piedra gris que se duplica
Continuamente en el borroso espejo

Y la cabeza de león que muerde
Una argolla y los vidrios de colores
Que revelan al niño los primores
De un mundo rojo y de otro mundo verde.

Más allá del azar y de la muerte
Duran, y cada cual tiene su historia,
Pero todo esto ocurre en esa suerte
De cuarta dimensión, que es la memoria.

En ella y sólo en ella están ahora
Los patios y jardines. El pasado
Los guarda en ese círculo vedado
Que a un tiempo abarca el véspero y la aurora.

¿Cómo pude perder aquel preciso
Orden de humildes y queridas cosas,
Inaccesibles hoy como las rosas
Que dio al primer Adán el Paraíso?

El antiguo estupor de la elegía
Me abruma cuando pienso en esa casa
Y no comprendo cómo el tiempo pasa,
Yo, que soy tiempo y sangre y agonía.

Mirar el río hecho de tiempo y agua
Y recordar que el tiempo es otro río,
Saber que nos perdemos como el río
Y que los rostros pasan como el agua.

Sentir que la vigilia es otro sueño
Que sueña no soñar y que la muerte
Que teme nuestra carne es esa muerte
De cada noche, que se llama sueño.

Ver en el día o en el año un símbolo
De los días del hombre y de sus años,
Convertir el ultraje de los años
En una música, un rumor y un símbolo.

Ver en la muerte el sueño, en el ocaso
Un triste oro, tal es la poesía
Que es inmortal y pobre. La poesía
Vuelve como la aurora y el ocaso.

A veces en las tardes una cara
Nos mira desde el fondo de un espejo;
El arte debe ser como ese espejo
Que nos revela nuestra propia cara.

Cuentan que Ulises, harto de prodigios,
Lloró de amor al divisar su Itaca
Verde y humilde. El arte es esa Itaca
De verde eternidad, no de prodigios.

También es como el río interminable
Que pasa y queda y es cristal de un mismo
Heráclito inconstante, que es el mismo
Y es otro, como el río interminable.

Del rigor en la ciencia

...En aquel Imperio, el Arte de la Cartografía logró tal Perfección que el mapa de una sola Provincia ocupaba toda una Ciudad, y el mapa del Imperio, toda una Provincia. Con el tiempo, esos Mapas Desmesurados no satisficieron y los Colegios de Cartógrafos levantaron un Mapa del Imperio, que tenía el tamaño del Imperio y coincidía puntualmente con él. Menos Adictas al Estudio de la Cartografía, las Generaciones Siguientes entendieron que ese dilatado Mapa era Inútil y no sin Impiedad lo entregaron a las Inclemencias del Sol y de los Inviernos. En los desiertos del Oeste

perduran despedazadas Ruinas del Mapa, habita-
das por Animales y por Mendigos; en todo el
País no hay otra reliquia de las Disciplinas Geo-
gráficas.

Suárez Miranda: *Viajes de va-
rones prudentes,* libro cuarto,
cap. xlv, Lérida, 1658.

Cuarteta

Murieron otros, pero ello aconteció en el pasado,
Que es la estación (nadie lo ignora) más propicia
[a la muerte.
¿Es posible que yo, súbdito de Yaqub Almansur,
Muera como tuvieron que morir las rosas y Aris-
[tóteles?

Del *Diván de Almoqtádir el*
Magrebí (siglo XII)

145

Límites

Hay una línea de Verlaine que no volveré a re-
[cordar,
Hay una calle próxima que está vedada a mis pa-
[sos,
Hay un espejo que me ha visto por última vez,
Hay una puerta que he cerrado hasta el fin del
[mundo.
Entre los libros de mi biblioteca (estoy viéndolos)
Hay alguno que nunca abriré.
Este verano cumpliré cincuenta años;
La muerte me desgasta, incesante.

De *Inscripciones* (Montevideo,
1923), de Julio Platero Haedo

El poeta declara su nombradía

El círculo del cielo mide mi gloria,
Las bibliotecas del Oriente se disputan mis ver-
[sos,
Los emires me buscan para llenarme de oro la
[boca,
Los ángeles saben de memoria mi último zéjel.
Mis instrumentos de trabajo son la humillación y
Ojalá yo hubiera nacido muerto.   [la angustia;

Del *Diván de Abulcasim el
Hadrami* (siglo XII)

El enemigo generoso

Magnus Barfod, en el año 1102, emprendió la conquista general de los reinos de Irlanda; se dice que la víspera de su muerte, recibió este saludo de Muirchertach, rey en Dublín:

Que en tus ejércitos militen el oro y la tempestad,
[Magnus Barfod.
Que mañana, en los campos de mi reino, sea feliz
[tu batalla.
Que tus manos de rey tejan terribles la tela de la
[espada.

Que sean alimento del cisne rojo los que se opo-
[nen a tu espada.
Que te sacien de gloria tus muchos dioses, que te
[sacien de sangre.
Que seas victorioso en la aurora, rey que pisas a
[Irlanda.
Que de tus muchos días ninguno brille como el
[día de mañana.
Porque ese día será el último. Te lo juro, rey Mag-
[nus.
Porque antes que se borre su luz, te venceré y te
[borraré, Magnus Barfod.

Del *Anhang zur Heimskringla*
(1893) de H. Gering

Le regret d'Heraclite

Yo, que tantos hombres he sido, no he sido nunca Aquel en cuyo abrazo desfallecía Matilde Urbach.

Gaspar Camerarius, en *Deliciae Poetarum Borussiae*, VII, 16

In memoriam J. F. K.

Esta bala es antigua.

En 1897 la disparó contra el presidente del Uruguay un muchacho de Montevideo, Arredondo, que había pasado largo tiempo sin ver a nadie, para que lo supieran sin cómplices. Treinta años antes, el mismo proyectil mató a Lincoln, por obra criminal o mágica de un actor, a quien las palabras de Shakespeare habían convertido en Marco Bruto, asesino de César. Al promediar el siglo XVII, la venganza la usó para dar muerte a Gustavo Adolfo de Suecia, en mitad de la pública hecatombe de una batalla.

Antes, la bala fue otras cosas, porque la transmigración pitagórica no sólo es propia de los hombres. Fue el cordón de seda que en el Oriente reciben los visires, fue la fusilería y las bayonetas que destrozaron a los defensores del Álamo, fue la cuchilla triangular que segó el cuello de una reina, fue los oscuros clavos que atravesaron la carne del Redentor y el leño de la Cruz, fue el veneno que el jefe cartaginés guardaba en una sortija de hierro, fue la serena copa que en un atardecer bebió Sócrates.

En el alba del tiempo fue la piedra que Caín lanzó contra Abel y será muchas cosas que hoy ni siquiera imaginamos y que podrán concluir con los hombres y con su prodigioso y frágil destino.

Epílogo

Quiera Dios que la monotonía esencial de esta miscelánea (que el tiempo ha compilado, no yo, y que admite piezas pretéritas que no me he atrevido a enmendar, porque las escribí con otro concepto de la literatura) sea menos evidente que la diversidad geográfica o histórica de los temas. De cuantos libros he entregado a la imprenta, ninguno, creo, es tan personal como esta colecticia y desordenada silva de varia lección, *precisamente porque abunda en reflejos y en interpolaciones.* Pocas cosas me han ocurrido y muchas he leído. Mejor dicho: pocas cosas me han ocurrido más dignas de memoria que el pensamiento de Schopenhauer o la música verbal de Inglaterra.

Un hombre se propone la tarea de dibujar el

*mundo. A lo largo de los años puebla un espacio
con imágenes de provincias, de reinos, de montañas, de bahías, de naves, de islas, de peces, de ha-
bitaciones, de instrumentos, de astros, de caballos
y de personas. Poco antes de morir, descubre que
ese paciente laberinto de líneas traza la imagen
de su cara.*

J. L. B.

Buenos Aires, 31 de octubre de 1960.

Índice